学生彩图版

Excellent students

中国学生成长第一书

提升学生 **IQ智商的** **好故事**

■ 总策划／邢　涛
■ 主　编／龚　勋

人民武警出版社

推荐序

RECOMMENDA-TION

一套培养21世纪
成功人才的必备书

● 中国儿童教育研究所　陈 勉

　　21世纪是竞争激烈的社会，对人才的要求越来越高。丰富的知识、出色的能力、开阔的视野、敏捷的思维，无一不是打造孩子成功未来的必备素质。而学生时期可塑性强，求知欲和接受能力旺盛，在这一阶段有意识地培养，成效最为显著！这就要求父母为孩子做好充分、科学的准备，引导他们建立全面、系统、权威的知识贮备！

　　《中国学生成长第一书》就是一套专为中国学生量身打造的必备图书。该系列从孩子的认知规律、兴趣特点出发，以培养21世纪高素质成功人才为宗旨，将孩子需要掌握的知识、能力、视野、思维、素质等，结合发达国家最前沿的研究成果，糅入精挑细选的13册书中。此13册书涵盖了文学、国学、历史、益智等领域，能够为孩子构建最权威、最系统、最全面的知识结构，满足他们现在所有的知识需求及将来知识积累的需要。而精彩主题、高清大图、海量内容、新颖体例的新型模式，完全吻合孩子的心理和认知特点，能吸引他们主动阅读，真正成长为21世纪博学多才的佼佼者！

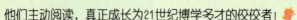

前 言

FOREWORD

一起走进
有趣的IQ训练大本营

　　IQ是英文Intelligence Quotient的缩写，中文翻译为"智力商数"，简称"智商"。智商是人们认识客观事物并运用知识解决实际问题的能力，它包括多个方面，如观察力、认知力、记忆力、想象力、判断力、分析力、创造力和数学能力等。

　　本书通过讲故事的方式来培养学生的各项IQ能力。全书选取的故事既活泼、新颖，又贴近现实生活，主要包括哲理故事、寓言故事、侦探故事等。同时，在每个故事中，我们还穿插了精美的图画，使故事情节更加生动、形象。

　　亲爱的学生朋友，你一定希望自己变得更加聪明吧？那就赶快打开这本书，它一定会让你充分体验到IQ训练的乐趣！

目 录

CONTENTS

第三章

一起学说话
——培养语言表达能力

第四章

辩别真与假
——训练辨别判断力

第五章
挑战你的思维
——学会分析与推理

第六章

为想象插上翅膀
——培养丰富的想象力

第七章

激发你的灵感
——发挥创造的潜力

第八章

1+1=?
——锻造数学思维

Partone

第一章

擦亮你的眼睛
——激活观察认知力

你觉得自己有敏锐的观察力吗？观察力是IQ的一项重要能力，人们认知世界就从观察开始。在这一章里，你将会看到许多有趣的故事，它们将帮助你认识观察力和认知力的重要性，增加对事物的认知度。想要更清楚地认识你身边的事物吗？那就擦亮你的眼睛，从这里开始吧。

—— 坚信自己的价值 ——

爱打瞌睡的小青蛙

蚂蚁储粮、大雁南飞……每个动物都在为过冬做准备，小青蛙在做什么呢？

深秋时节，树叶都掉光了，天气一天比一天凉，小动物们都忙着为过冬做准备。

一只小青蛙在树林里蹦来跳去的，玩得很高兴。突然，他看见一群小蚂蚁正忙着往自己的树洞里搬运粮食。

小青蛙问："你们搬那么多粮食干什么？""有了足够的粮食，我们才能过一个舒服惬意的冬天啊！"一只小蚂蚁说。"原来是这样。"小青蛙打了个哈欠，说，"我妈妈怎么没让我准备粮食呢？我得赶快回去问一问。"小青蛙匆匆告别小蚂蚁，往家里赶去。

走着走着，小青蛙看到一群大雁正落在一片空地上休息。他上前问道："大雁阿姨，你们在这里干什么呢？"一只大雁说：

"我们正准备飞往南方过冬。小青蛙，你怎么看起来这么困呀？"小青蛙又打了个哈欠，说："我是觉得很困。我要回家问问妈妈，这个冬天怎么过。"说完，他向大雁挥了挥手，继续赶路。

小青蛙已经哈欠连连，回到家里，他急忙问妈妈："妈妈，妈妈，别的动物都在为过冬做准备，为什么我们什么都不做呢？"

青蛙妈妈笑着摆了摆手，说："谁说我们什么都没做呢？你看，我已经做好了呀！"

小青蛙朝卧室里一看，原来妈妈已经为自己铺好了床。"妈妈，你怎么知道我困了呢？"他奇怪地问，"可是，铺了床就能过冬了吗？"

"是呀，我的傻孩子。"青蛙妈妈说，"我们蛙类只要舒服地睡上一大觉，冬天很快就会过去了！"

小青蛙赶忙跳进被窝里，心想："再醒来时就是春天了，我一定要做个美梦！"

—— 用适合自己的方式走路 ——

不听话的小螃蟹

人人都是直立行走的，而螃蟹却是横着走。认识到自己与他人的不同，才不会盲目模仿，弄巧成拙哟!

蟹妈妈生下一群蟹宝宝，最小的一只叫涛涛。涛涛比较任性，不爱听妈妈的话。

一天早晨，蟹妈妈将蟹宝宝们背到沙滩上，教他们学走路。蟹宝宝们都乖乖地听着蟹妈妈的口令。

蟹妈妈大声说："宝宝们，听我的口令，向左迈出左边的几条腿，右边的几条腿再跟上去……"

"不对吧？我看别的小动物都是往前走的，应该把腿往前迈才对！妈妈一定是说错了！"涛涛自言自语地开始开小差了。

"好，基本动作要领讲完了，现在大家开始自己练习！孩子们，你们一定要认真地练习，不能偷懒哦！"蟹妈妈下了命令。

蟹宝宝们"一二一"地喊着口号练习起来。只有涛涛懒洋洋地趴在沙滩上晒太阳。

就在这时，一只海鸟飞了过来。蟹妈妈很快就发现了海鸟，她大喊一声："宝宝们，快往家爬，敌人来了！"

小螃蟹们听到警告，纷纷按照刚才练习的步伐，飞快地往家里爬。没过一会儿，大家都安全地回到了家里。

涛涛也想逃回家，可是他的腿怎么也不能往前迈，他急得大喊"救命"。

蟹妈妈喊道："涛涛，我们的关节是不能前后转动的，横着爬，快点儿！"

听了妈妈的话，涛涛急忙将左腿往左迈，右腿再跟上，果然能行走了，他高兴不已。

可是，这时海鸟已经逼近了，他用长嘴一啄，便将涛涛啄走了。

—— 正确认识自己的身体 ——

小壁虎和他的尾巴

也许你的眼睛或者鼻子长得并不漂亮，但它却是独一无二的，
是最适合你的。懂得欣赏自己，才能正确认识自己。

　　小壁虎总嫌自己的尾巴既难看又没用，灰不溜丢的，一点儿光彩都没有。一天，小壁虎在一面废旧的墙壁上爬行。突然，一条蛇蹿了出来，叼住了他的尾巴。小壁虎吓得拼命扭动身体，结果把尾巴扭断了，他慌忙逃走了。

　　小壁虎脱离险境后，回头一看，糟糕，没有了尾巴，身体看起来更难看了。这可怎么办呢？小壁虎伤心得哭了，最后他打算去借一条尾巴。

　　他爬啊爬，看到燕子在捉虫子，便上前说："燕子阿姨，我的尾巴没有了，能把你的尾巴借给我用用吗？"燕子摇摇头，对小壁虎说："不行啊，我还要靠尾巴来飞翔呢。再说，我的尾巴放在你身上也不合适呀。"

小壁虎只好向前爬去。他碰到了老黄牛，又向老黄牛借尾巴。老黄牛说："孩子，我的尾巴不能借给你，它安在你身上不合适。赶快回家吧，也许你妈妈有办法。"

小壁虎只好爬回家，向妈妈哭诉。壁虎妈妈摸着他的头，笑着说："傻孩子，我们的尾巴是很有用的。它能帮我们在爬行时掌握平衡。当我们遇到敌人时，它能吸引敌人的视线，帮我们逃脱。而且，它还可以再生啊。不信，你回头看看。"小壁虎回头一看，天啊，身后果然长出了一条新尾巴。小壁虎这才明白，原来自己的尾巴是这么有用，他再也不嫌自己的尾巴难看了。

—— 游戏也需观察力 ——

一起捉迷藏

很多小朋友都爱玩捉迷藏，捉迷藏不但要会藏，还要会捉呢。
下面，让聪明的小鹿教你一些高招吧。

　　星期天，小猴、小兔、小松鼠、小河马和小鹿在森林里玩起了捉迷藏，小鹿来找，其余的伙伴来藏。

　　小鹿被蒙上了眼睛。5分钟后，他摘下眼罩，小伙伴们早已没了踪影。他向四周望了望，身后是一个大大的池塘，这是小河马常待的地方。小鹿仔细盯着水面，突然，他看见几个泡泡从水底下冒上来。小鹿笑了，大喊道："小河马，出来吧！我知道你在水里了。"

　　随着喊声，小河马从水里露出头来。

　　小鹿接着往森林里走，去找其他的伙伴。他东找找，西看看。当他走到一棵橡树下时，发现树上有根树枝不经意地动了一下。小鹿立刻停下来，仔细搜寻每一个树杈。最后，他终于发现一只小猴尾巴夹杂在树枝中间，如果不仔细看，还以为那是树枝呢。不用说，小猴就在树上了。小鹿喊了一声："小猴，我看见你了，别躲了！"

听到小鹿的喊声，小猴只好从树枝上跳下来，说："哎，最后还是被你发现了。"

小鹿继续往前走，现在就差小松鼠了和小白兔了。他找着，找着，突然看见一棵大树下有一朵大大的红花。咦，大红花的一片花瓣边怎么会有绒毛呢？小鹿走上去，揪住那撮毛，把小松鼠提了出来。

"原来你藏在这里啊！"小鹿高兴地说。

"是啊，我还以为藏在这里很隐蔽呢，你的眼睛可真尖！"小松鼠笑着说。

最后，小鹿又从一片白色的花丛中找到了小白兔。4个好朋友都被小鹿找到了，大家开心地笑了。

—— 观察要仔细 ——

有意义的一课

事物的不同往往是因为细节的不同，而细节需要细致地观察，
所以我们都要炼就一双会细致观察的眼睛哟！

　　班比是一位出色的化学老师，他讲课的方式自由活泼，所讲的内容也常能发人深省，孩子们都喜欢上他的课。

　　一天，班比手托一个玻璃杯进了教室，他将杯子放在讲桌上，略带严肃地说："同学们，今天我们来认识一下醋，锻炼一下大家的观

察力。"随后，大家的目光都落到了玻璃杯上，那里面盛着小半杯褐红色的液体——醋。

班比又说："现在我先来尝一下醋的味道。"

说着，他便把一根手指伸进玻璃杯里，然后拿出来，把手指放在嘴里舔了舔，微笑着说："嗯，味道不错。"

大家都很疑惑，醋明明是酸的，怎么会味道不错呢？

班比又说："现在，同学们也都来尝一尝吧。"于是，班上所有人都轮流把手指伸进玻璃杯，再放进嘴里，他们都尝到了醋酸酸的味道，皱起了眉头。

做完实验后，班比说："醋的味道很酸吧？同学们，你们很听话，都按照我说的做了，但却不善于观察。我刚才伸进杯子的是食指，而舔的却是中指啊。"

大家都吃惊地望着班比老师。

班比接着说："这一堂课，不仅是让大家认识醋，更重要的是要告诉大家，细心观察是很重要的。"

同学们这才明白老师的用意，这堂课也深深地印在了他们的心里，使他们明白了观察的重要性。

—— 由表及里，认识真相 ——

自大的小老虎

耳听为虚，眼见为实。可是，真的都是眼见为实吗？当你看到一件事物的表象时，那或许是一个假象哦。

一天，老虎妈妈带小老虎乐乐来到一片新的领地，这里有小河，有草地，还有许多漂亮的小花。妈妈对乐乐说："小宝贝，妈妈要去给你找吃的，你乖乖地在这里玩，可不要乱跑哦。"乐乐点了点头。

妈妈走后，乐乐来到小河边，看到小猴子和小松鼠在不远处聊天。他们看到乐乐后，还主动朝他这边挥了挥手。可是，骄傲的乐乐瞧不起他们，他一向以未来的百兽之王自居，心想："这些小东西，看起来又蠢又笨的，哪能和我比？我才不跟他们玩呢。"于是，乐乐独自在河边玩石头，没有

理会小猴子和小松鼠。

　　过了一会儿，他看见小猴子站起身来，竟然踏着水面奔到了河对岸。乐乐惊呆了，这是什么功夫？难道是"水上漂"吗？太厉害了！紧接着，小松鼠也点着水过了河。

　　乐乐揉了揉眼睛，简直不敢相信自己看到的一切。他看看河水，水有点混浊，跟其他河水并没什么两样。他想："这水肯定不深，连小松鼠都能过去，我也一定能行！"

　　于是，乐乐伸出脚就往水里迈，只听"扑通"一声，他掉进了河里。河水很深，足以把他淹没。乐乐不会游泳，喝了几口水。他恐惧地在水里扑腾，大声地喊叫："救命！救命呀！"

正在河对岸玩耍的小猴子和小松鼠听到喊声，急忙奔过来，他们看到乐乐掉进了水里，立即捡起一根大树枝，把树枝的一头递给乐乐，然后用力把他拉了上来。

上岸后，乐乐一边抹着眼泪，一边甩掉身上的水珠。一想到刚才掉进河里的情景，他就不住地打哆嗦。这时，小猴子不解地问："你为什么要往河里跳呢？"

乐乐狼狈地说："我看见你们点着水，轻易地就过去了，所以我也想试一试。"

小松鼠"扑哧"一声笑了，说："我们过河的地方水下有两排小石墩，因为这两天下雨，河水上涨，把它们淹没了，但我们知道石墩的位置，是踩着它们过河的。你怎么也不问一声呢？"

乐乐听了，羞红了脸。以后，他再也不敢自高自大了，也学会了仔细观察，不再盲目地下结论了。

Part two

第二章

增强记忆从身边做起
——锻炼超强记忆力

你是不是经常会为记不住英文单词或背不下课文而烦恼呢？不用担心，任何能力都可以通过锻炼而增强。在这一章节里，有许多帮你提高记忆力的秘诀。你可以借助环境来记忆，也可以通过集体讨论来记忆；你可以随时随地记忆，也可以利用睡前的时间记忆……记住，掌握记忆的规律和秘诀，需从身边一点一滴的小事做起。

──利用环境来记忆──

笔放哪里了

心爱的玩具找不到了怎么办？千万不要手忙脚乱地乱翻一气，
先想一想它可能会出现在什么地方。你会找到它的！

"啊，快七点半了，要迟到了！"皮皮吃了两口早餐，然后七手
八脚地把桌子上的文具往书包里塞。

"咦，那支印花的铅笔怎么不见了？那可是跟小明借的，我今
天要还给他的。"皮皮嘟囔着，又开始手忙脚乱地翻找。所有的抽

屉都被他拉出来了，文具、玩具、糖果等散落一地，乱成一团，就是没有那支铅笔的影子。

"皮皮，你这是干什么呢？"妈妈走进来，吓了一跳。"我在找铅笔呢。"皮皮焦急地说。"你这样乱翻一通，怎么能找着呢？仔细想一想，你经常把文具放在什么地方？"皮皮停了下来。"书桌上？没有。抽屉里？都翻过了，也没有。床头小柜……啊！对了，昨天晚上在床上用铅笔画画来着，应该在床头小柜里。"皮皮跑过去，拉开小柜的门，果然看到了那支铅笔。"终于找到了！"皮皮把它塞进了书包。

"把东西放在固定的地方，形成习惯，就不会这样到处乱翻了。"妈妈一边收拾着残局，一边说道。而皮皮早已一溜烟跑出了家门。

———— 一起来学习 ————

今天你学了什么

知识在于积累，记忆在于重复。饭前饭后，和家人一起复习
刚学过的知识，是帮助你积累知识、提高记忆力的一个好方法哟！

汤姆家共有4个孩子，爸爸对孩子们的教育非常重视。每天吃晚餐时，他总是要问孩子们当天都学到了什么，然后大家互相交换知识，共同学习。

这天晚上，爸爸问汤姆："今天你学了什么？"

"我学了尼泊尔的人口，爸爸！"汤姆小心翼翼地说。

"哦，很好。尼泊尔的人口！"爸爸听了，转头问妈妈："你知道尼泊尔的人口是多少吗？"

妈妈笑着说："这你可难住我了，我连尼泊尔在哪儿都不知道呢。"

爸爸对这个回答很满意，他说："哈克（汤姆的弟弟），去把世界地图拿来，我们一起来告诉妈妈尼泊尔在哪里。"

就这样，全家人都看着世界地图，指出尼泊尔的位置，不但知道了尼泊尔的人口是多少，还知道了它所在的洲、它的基本轮廓以及主要城市。接下来，汤姆的弟弟妹妹们都各自说出自己今天学的知识，有"冬眠的青蛙""番茄的种子""英文单词good（很好）"等。如此，一次聊天，4个孩子就学到了4种知识。

这样的习惯一直持续了几十年。等汤姆40岁的时候，他依然记得尼泊尔的人口是多少。

九九乘法表

记忆也有法则。把看到的、听到的、闻到的与自己要记的东西联系起来，你会收到意想不到的记忆效果。

"1×1＝1，洗衣店；1×2＝2，2×2＝4，小剧院……"小圆走在上学的路上，望着路旁的洗衣店、小剧院，这样背着。

"小圆，你在干什么呢？"陶陶追了上来。

"我在背九九乘法表呢。我爷爷教给我一个新方法，叫做'五感连动'，就是把你看到的、听到的、闻到的东西和你要背的内容联系起来，这样很容易就记住了。你看，我把九九乘法表跟路上这些店铺的名字连在一起，感觉效果很好呢！你来跟我一起背吧。"小圆兴奋地说。

"哼，我才不信呢。"陶陶撇了撇嘴，跑远了。

小圆继续背着："4×5＝20，5×5＝25，小超市……6×6＝36，肯德基……"

当他背到"9×9＝81"时，刚好走到校门口。

上课了，老师让大家来背九九乘法表。很多同学都因为背不下来，不好意思地低着头。只有小圆一个人自告奋勇地站起来背诵。他回想起一路上的洗衣店、小剧院、肯德基、蛋糕店……乘法表就像印在他脑海中一样。他很快背出来，是全班背诵最快的一个。

大家看到小圆这么容易就背完了，非常佩服。

后来，小圆把他的新方法告诉同学们，让大家一起来练习。结果，大家都再也不怕记不住了。

—— 掌握记忆"六原则" ——

失败的小偷

记忆不是简单的死记硬背，而要把握重点。分清主次，掌握
所记内容的大意，这样就能事半功倍。

上课了，语文老师安妮让大家背一个故事。故事的名字叫"失
败的小偷"，是这样写的："在某个秋天的早晨，两个孩子路过一
个庭院。院里有一棵苹果树，上面结满了诱人的果子。这两个孩子

失败的小偷
两个孩子……

都非常饿了，所以想爬过篱笆去偷个苹果吃。但这时，旁边突然传来一阵可怕的狗叫声，他们吓得马上逃走了。"

卡尔扫了一眼故事内容，很快就和旁边的同学说起话来。

安妮很是生气，把卡尔叫起来说："把刚才那个故事背一遍。如果背错了，你就站着听这堂课吧。"

"在某个秋天的早晨，两个孩子……"卡尔开始背起来。令人惊奇的是，卡尔竟然将整个故事都背下来了。

安妮惊讶地问："卡尔，你是怎么记住的？"班上其他同学也对卡尔的表现感到好奇。

"很简单，我只记了'六原则'：一，谁——两个小孩；二，何时——某个早晨；三，何地——庭院旁；四，什么——想偷苹果；五，为什么——饿了；六，怎么做——想爬过篱笆。这样我就把整个故事记住了。"卡尔说。

这真是一个记忆的好方法！

安妮非常高兴，奖给卡尔一支漂亮的圆珠笔，并让全班同学都按照他的"六原则"去背诵课文。大家惊奇地发现，背诵一个故事并不是那么难了。

—— 唤醒你的潜意识 ——

睡前5分钟

我们的潜意识记录着大量以前发生的事情。试着在睡前背一些东西，可以帮你开启潜意识的大门，增强你的记忆力哟！

晚上9点半了，丁丁的小卧室里还亮着灯。"sleep，睡觉，s-l-e-e-p……"这是丁丁在背单词呢。丁丁是小学二年级的学生，他有个良好的学习习惯，就是每天睡前五六分钟，他都要背一些东西，比如一段课文、一个复杂的数学公式或者几个英文单词。第二天早上，他还要拿出自己的小本子，把前一天晚上背的单词或公式尽可能地默写下来。

开始的时候，是妈妈坚持让丁丁这样做的，丁丁很不情愿。有时，他实在背不下一段课文，就想放弃了，可妈妈总是鼓励他："你能行，我相信你。"丁丁这才坚持下来。渐渐地，丁丁喜欢上了这种学习方式，他发现自己的记忆力明显提高了，跟同学相比，他也有了自信心和自豪感。

现在，每当睡前背东西遇到困难的时候，丁丁总是对自己说："我能背得下来。"这样用不了多少时间，他就真的能记住了，然后才入睡。

丁丁把自己的学习方法告诉了好朋友乔乔，乔乔又告诉了陶陶。不久，大家都知道了这种睡前背东西的学习方法，都开始向丁丁学习。

后来，老师还奖给丁丁一个漂亮的笔记本，丁丁每天将自己学的东西记在这个本子上。他想等本子记满了，他就该上三年级了。

—— 抓住不同点 ——

新朋友的名字

一下子面对许多新面孔，大部分人都很难记清每个人的名字。
但如果抓住每个人相貌和穿戴的与众不同之处，问题就不那么难了。

巧巧今年7岁了，她很喜欢画画，妈妈为她报了一个美术班，这让巧巧非常高兴。但是，她听说这个班有一个奇怪的规定：每个新到的小朋友必须在第二次上课时，叫出班里所有同学的名字，否则不予收留。

巧巧来到这个班上时，班里已经有11位小朋友了。美术老师将巧巧介绍给大家，并让每个小朋友做了自我介绍。

第一位小朋友大方地站起来说："我叫豆

豆，今年七岁，很高兴认识你。"说着，还拖了拖鼻梁上的眼睛。

　　第二位小朋友也笑眯眯地说："我叫皮皮，今年六岁，同学们总叫我"小捣蛋"，可我一点也不调皮哦。"皮皮一边说，一边用手摸着他的鼻子。班里的同学听他这么一说，都笑了。

　　第三位小朋友有些害羞，低声说道："我叫美美，今天七岁，希望能和你做朋友。"

　　第四个站起来的是小雪……就这样，11位小朋友挨个做了自我介绍。巧巧环顾一周，她看见豆豆戴了副大眼镜，皮皮长了个朝

天鼻，美美头上扎了红色蝴蝶结，小雪的裙子上有只可爱的小白兔……虽然大家都是新面孔，但每个人都有与众不同的地方。巧巧一下子有了主意，她悄悄在自己的画板上写下每个人的特点，然后便认真地听老师讲课了。

两天后，巧巧第二次来到美术班。戴大眼镜的豆豆先考巧巧："你知道我叫什么吗？""知道，你叫豆豆。我还记得上次美术课，你画了一只小熊呢。"接下来，巧巧说出了所有人的名字，顺利地过了这一关，大家都很佩服巧巧的记忆力。其实他们不知道，巧巧是抓住每个人的不同点，分别把他们记住的。

Part three

第三章

一起学说话

——培养语言表达能力

语言是一门很深的学问，它需要我们从认识第一个字开始，就用心地去学。在这一章节里，有些冒进的学生，因为不理解词的意思，闹出了不少笑话。当然，还有一些聪明的孩子，用适当的语言挽回了错误，解决了问题。你想和同学们比一比谁更会说话吗？那就赶快翻开这一章吧！

—— 用语要得当 ——

爱用"词"的淇淇

当你学到一个新词语，你肯定也很想把它用在日常生活中吧。
不过，你可要完全弄明白词语的意思哟，否则乱用一气，只会
弄巧成拙。

淇淇上学了，他在课堂上学了不少新词语，很想把它们用在生活中。

这天，淇淇的叔叔从部队回来了，穿了一身军装，十分威风。淇淇看了看，说："叔叔，你可真是狐假虎威啊！"叔叔皱

起眉头，说："这孩子，跟谁学的这样的话？"

淇淇来到家门口，看见邻居王爷爷正在和他那只小狗玩呢，便上前说："爷爷，您的这只走狗真可爱！"王爷爷听了，气得胡子都翘起来了，牵着小狗就走了。淇淇却不明白为什么。

晚上，淇淇的小姑在看电视剧，被剧情感动得哭了，淇淇又说："姑姑，你这是'鳄鱼的眼泪'！"小姑撅起了嘴，说："去，一边去。"

淇淇闷闷地回到自己的房间，不知道为什么大家听了他的话都不高兴。他把一天的经历都告诉了妈妈，妈妈听得笑弯了腰，说："傻孩子，'狐假虎威'是说借别人的威风来欺压人；'走狗'是指专帮人干坏事的人；'鳄鱼的眼泪'是指虚假的同情。你看，你用的词跟你要表达的意思正好相反，人家当然要生气了。"淇淇这才明白，原来是自己搞错了。他以后再也不乱用词汇了，而是认真学习，完全弄懂了一个词的意思后，才会在适当的场合使用它。

—— 区别字的不同 ——

"大"和"犬"

对于相似的汉字，你能区分它们的不同吗？有些字，只因为"一点"之差，意思可就完全不一样呢。

豆豆的爸爸到外地出差了，临走的时候，他答应回来时给豆豆带一件礼物。

一天，豆豆收到爸爸的一封信。信中说："豆豆，爸爸还要再过十几天才能回家，我已经给你买了一条小狐狸犬，它很可爱，很漂亮……"

豆豆看了信非常高兴，但是"狐狸犬"的"犬"字他不认识，误以为是"大"，便向同学们炫耀说爸爸给他买了"狐狸大"。

豆豆的同学都不知道"狐狸大"是什么，很想到时候去豆豆家看看。

十几天后，豆豆的爸爸回

来了，给豆豆带回来一条可爱的小狗。豆豆一看，原来"狐狸大"是一条狗呀。

很快，同学们都来看他的礼物了。豆豆抱着小狗，骄傲地对大家说："看，这就是爸爸给我买的'狐狸大'。""你说的'狐狸大'就是这只小狗啊！"一个同学半信半疑地说。其他同学也觉得有些奇怪。突然，一个认识狐狸犬的同学恍然大悟地说："啊，豆豆，那是狐狸犬，不是'狐狸大'，'犬'是狗的意思。你怎么也没看明白就跟我们乱说呀？"

豆豆一听红了脸，他这才知道，"大"多了一点，意思就完全不同了。

丢失的手表

委婉而真诚的语言可以缓和紧张的气氛，也可以使一个犯错误的人改邪归正，这就是语言的魅力。

中秋节的傍晚，小鹿拉拉坐在手表店的柜台前，想着下班后要给父母买上一盒精美的月饼。她是这里的售货员，这也是她的第一份工作，她做得还不错。老板说，今天值完班就给她发薪水。

就在这时，熊先生走进店里。"您需要些什么？"拉拉热情地上前招呼。

"噢，请把那几块手表拿出来让我看看。"熊先生

说。拉拉将柜台里5块最精美的手表都拿出来，让熊先生挑选。

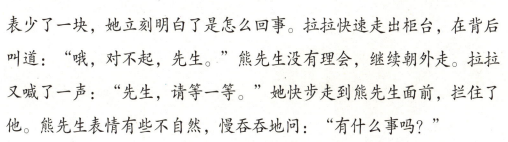

"嗯，这个有点大了……这个又有点小了……"熊先生一个个仔细地看着。突然，柜台一头的电话铃响了，拉拉转身去接电话。

当拉拉挂上电话转回身来时，她看见熊先生正匆匆忙忙地往外走。拉拉迅速扫了一眼柜台，很快发现5块手表少了一块，她立刻明白了是怎么回事。拉拉快速走出柜台，在背后叫道："哦，对不起，先生。"熊先生没有理会，继续朝外走。拉拉又喊了一声："先生，请等一等。"她快步走到熊先生面前，拦住了他。熊先生表情有些不自然，慢吞吞地问："有什么事吗？"

拉拉吸了口气，鼓起勇气说："祝您中秋快乐！"然后，她接着说，"这是我的第一份工作，我很珍惜。今天我将领到第一笔工资，我希望用它为我的家人买一份礼物，过个团圆快乐的中秋节。我想您一定为我感到高兴吧。"

熊先生沉默了一会儿，笑着说："对，祝贺你。我也祝你节日快乐！"然后，他轻轻握了一下拉拉的手，转身走出了店门。拉拉望着熊先生远去的背影，手中却握住了那块丢失的手表。

—— 妙语力量大 ——

妙妙售货员

推销在某种程度上也是一种语言艺术。巧妙的语言沟通技巧
可以赢得顾客的认可，为自己的商店创造无限的商机。

星期六上午，猫爸爸开车到一家百货商店买面包。他刚走进商
店，就被摆在橱窗上的一个精美的钓竿吸引住了。售货员小兔妙妙
走上来，热情地说："先生，要看渔具吗？""啊，不，我只是来
买一些面包。"猫爸爸说。

"您应该看看我们的渔
具，现在刚好做活动，全场
打八折。"妙妙说。猫爸爸
听了，有些心动。妙妙看着
他的脸色，接着说："这可
是一根上好的钓竿，平时要
花大价钱买的。如果您周末
拿着漂亮的钓竿，带孩子们
去河边钓鱼，他们肯定会很
高兴的。"

猫爸爸终于被说动了，他

买下了钓竿。

"您再看看我们这个钓钩和钓丝，和那钓竿是配套的。您如果要的话，我可以再给您打更低一点儿的折扣。"妙妙接着推销。"嗯，不错！"猫爸爸没有犹豫，就把这些也买下了。

最后，猫爸爸才记起要买面包。当他准备离开时，妙妙又提起一个小红塑料桶，说："这个小桶就送给您了，您可以把钓的鱼放在里面。欢迎再来！"猫爸爸高兴地提上小桶，带着一套昂贵的渔具，开车走了。

后来，猫爸爸成了这家商店的常客。

—用语言弥补失误—

小狗学理发

当面对比较糟糕的局面时，恰当的语言可以弥补实际的缺憾，甚至能化腐朽为神奇。

小狗路易长大了，他离开家门，打算去学一门手艺，为以后的生活寻找出路。

路易来到繁华的都市，向理发师山羊大叔学理发。他学得很认真，每天都仔细观察山羊师傅理发的技巧，给他做助手。

3个月后，学有所成的路易正式开始给客人理发了。他的第一个顾客是小白兔。路易有些紧张，一不留神，把小白兔的头发剪得太短了。

小白兔照着镜子，抱怨说："怎么这么短？我怎么出去见朋友呀？"路易听了，红了脸，说不出话来。山羊师傅在一旁说："短是短了点，可这让你看起来更精神。"小白兔听了，不再抱怨，转身走了。

路易的第二位顾客是小狐狸。路易怕再剪短了，结果小狐狸的头发剪完后还是很长。小狐狸撅起了嘴巴，路易又羞红了脸。山羊师傅说："头发长让你看起来很含蓄，很符合你的气质。"小狐狸听了，转怒为喜，满意地离开了。

经过这两件事后，路易觉得很惭愧，山羊师傅拍着他的肩膀说："孩子，记住：即使你的手艺有不足之处，也不要让顾客生着气离开。"

路易点点头，似乎明白了。他的第三位顾客是虎先生。路易理得很精心，足足用了两个小时。虎先生嫌时间太长了，路易说："您是领导，给您理发当然得用心了。"虎先生听了，不再说什么，满意地走了。

以后，路易更加刻苦地练习理发，终于成了一名出色的理发师。

—— 巧用激将法 ——

诸葛亮出师

请将不如激将。有时候，激怒对方，让对方失去理智的判断，
是突破难关的最好方法，这比请求、劝说、哀告等都有效哟！

东汉末年，诸葛亮追随知识渊博的水镜先生学习天下学问。他和同窗们勤学苦读3年，学到了许多知识。

一天，水镜先生想考考弟子们的学问和能力，便对大家说："你们来这儿的时间也不短了，我来考考你们，合格的算出师（指期满学成），不合格的以后不要说是我的学生。"学生们听后，你看看我，我看看你。虽然他们都想得到老师的认可，但也知道老师脾气古怪，担心他会出一些刁钻难解的题。

水镜庄

　　水镜先生顿了顿，一字一句地说："我的题目是：从现在起到正午，谁能得到我的允许走出水镜庄，谁就算出师了。"

　　弟子们一听，都犯了愁。为什么老师不考大家学问，而出这种奇怪的题目呢？没办法，他们只好硬着头皮想办法。后来，有的人谎报家里有人去世了，有的人则大呼庄外着火了，但水镜先生一概不予理睬。这下，可把大家急坏了。

　　此时，诸葛亮却不慌不忙，趴在书桌上睡着了，这让水镜先生十分生气。

　　快到中午时，诸葛亮醒来，见大家还在这儿坐着，个个愁眉苦脸，便一把抓住老先生的衣领说："你出的这是什么鬼题目？我不学了，把我3年的学费还给我！"水镜先生对诸葛亮目无师长的行为感到非常生气，已经忘了自己是在出题考学生，他愤怒地说："小儿如此无礼，给我出去！"

就这样，诸葛亮大摇大摆地出了水镜庄。没过多久，他又转身回来，并跪在先生面前请求原谅，原来他不过是应付老师的考题而已。

水镜先生这才明白自己上了当，他对诸葛亮的计策非常满意，高兴地扶起他说："你真是个聪明的青年，你可以出师了！"

Discernment

Part four

第四章

辨别真与假
——训练辨别判断力

有了一定的观察力，就要学会辨别真假、判断是非了。你对自己的辨别力和判断力有自信吗？在这一章节里，有许多精彩的故事。聪明的狼妈妈依靠常识，判断出哪里有陷阱；贪吃的小兔，禁不住胡萝卜的诱惑，掉进了猎人的陷阱……看过这些故事，也许你能练出一双火眼金睛呢。

—— 迎"难"而上 ——

聪明的狼妈妈

当你面对困境，是选择平坦的小路，还是选择迎面的陡坡呢？
读一读下面的故事，狼妈妈会告诉你她的选择。

一天，狼妈妈带着小狼，鹿妈妈带着小鹿，两家人在一起散步。但是，他们不小心进入了猎人的包围圈。两位母亲慌忙带着自己的儿女逃跑。

跑着跑着，他们来到一个丁字岔口，身后是紧紧追赶的猎人，不幸的是，迎面又有持枪的猎人拦住去路。狼妈妈迅速往两边一望，两旁都是平坦的小路，但她做出决断，命令小狼："孩子，跟我一起朝正前方扑过去，只有这一条才是出路。"小狼望着前面的枪口，心里打颤，他想往旁边的岔路上跑，而且鹿妈妈已经带小鹿往左边的小路上跑了。但他只稍微犹豫了一下，就跟妈妈朝前方扑去。前

面拿枪的猎人满以为狼妈

妈母子会选择旁边的岔路，没料

到他们会扑上来，迟疑了一下，枪被狼妈妈

扑到地上，狼妈妈和小狼成功逃脱了。

　　事后，小狼听说鹿妈妈母女遇难了，她们掉进岔路上的陷阱里。

他问妈妈："为什么您知道旁边的路上有陷阱呢？"狼妈妈说："这

是猎人常用的方法，他们将前后路都堵住，故意把陷阱设在旁边平坦

的路上，就等我们自己跳进去。所以，遇到险境，千万不要贪图平坦

而撞上去，一定要辨明那里有没有危险。等你经历的多了，也会形成

像妈妈这样的判断力的。"

—— 不要逆来顺受 ——

黑熊老爷与鹿小姐

你对爸爸妈妈或其他长辈说的话，都是完全认同的吗？有时，
大胆质疑和勇于反对是提高你辨别、判断能力的有效途径。

黑熊老爷的儿子小熊要请一个家庭教师，鹿小姐应聘上了这个
职位。两个月后，黑熊老爷给鹿小姐结算工钱。他先开口说："咱
们事先讲好，每个月300元……"

"是400元。"鹿小姐小声说。

扣掉70元，
再扣掉20元
……

"不，是300元，我这里记得清清楚楚，每天10元。"黑熊老爷不容置疑。鹿小姐只好默认了。

"您干了两个月，应该付您600元。但实际上星期日您不陪小熊学习，只是玩玩儿而已，得扣除9个星期日，还有3个节日……"黑熊老爷毫不客气地说。

800元？

鹿小姐的脸涨红了，她没有想到会这样算工钱。

"这样算下来，得扣120元。有一次小熊生病了，4天没有学习。那次你牙痛，歇假3天，还要再扣您70元……新年的时候，您打碎了一个茶杯，要扣除20元……"黑熊老爷滔滔不绝地说着，鹿小姐的眼泪快流出来了。

最后，她的工钱只剩了140元。

鹿小姐低下头，什么也没说，默认了所有的"过失"，接了几张可怜巴巴的钞票就往外走。

"等一等，孩子！"黑熊老爷却站起来，"唉，我刚才只是跟你开个玩笑。你应该明白，我是在克扣你的钱，你要拿出勇气来反抗才对……给你，这是你应得的。"黑熊老爷拿回原来给的钞票，将800块钱塞到鹿小姐手里。

鹿小姐惊愕了半天，才拿着钱离开小熊家。这件事让她明白了，大胆地提出不同意见，才是明智的表现。

—— 小心甜言蜜语 ——

狐狸和小熊

甜言蜜语就像是甜甜的糖衣，它里面很可能裹着炮弹呢，你可不要被外表的香甜迷惑哟！

　　熊妈妈和儿子小熊住在一起，他们的邻居是一只狐狸。一天，熊妈妈去外婆家了，小熊一个人在家门口玩。狐狸刚从河边捉了条小鱼回来，她看见小熊脖子上挂着房门的钥匙，便打起了坏主意，想到小熊家弄点儿吃的。

　　于是狐狸笑眯眯地对小熊说："孩子，你真乖！我敢说，你是我见过的最乖的孩子了。""真的吗？"小熊听狐狸夸他，有点乐滋滋的。

　　"当然是真的，狐狸大婶从来不骗人。"狐狸仍旧笑着，把手里的小鱼递到小熊面前，接着说，"大婶就喜欢你这样的乖孩子，这条小鱼就送给你吧。"小熊最爱吃鱼了，他高兴地接过来，说："谢谢大婶。"狐狸说："不客气，咱们是邻居嘛。不过大婶有些口渴了，却忘了带家里的钥匙，进不了门。我能到你家喝点水吗？"

小熊想也没想，就摘下脖子上的钥匙，递给狐狸说："您自己去喝吧。"狐狸高兴地接过钥匙，进了小熊家。

5分钟后，狐狸摸到后门，悄悄地把小熊家的两大袋粮食搬到了自己家。然后，她又从前门出来，把钥匙还给小熊。

而小熊一直坐在自己家门口，心里还在感激狐狸给他小鱼吃呢。

—— 诱惑是陷阱 ——

胡萝卜的诱惑

如果天上掉下美味的馅饼，你会激动地冲过去把它捡起来吗？
打住，请慢一点，这有可能是个陷阱，因为馅饼是不会无缘无故
自己掉下来的。

在森林里的一个山洞中，住着兔妈妈和兔宝宝。兔妈妈每天都要出去找食物，她每次出门的时候，都要叮嘱兔宝宝："宝贝，你乖乖待在家里，不要到处乱跑，更不要随便捡外面的东西，因为那很有可能是个陷阱。"

兔宝宝牢记妈妈的教导，从不轻易出门。这天，妈妈出去很久都没有回来，兔宝宝肚子饿了，他轻轻打开门，想看看妈妈回来了没有。他小心地张望

着，突然，一根红红
的胡萝卜进入他的视线，就在
洞口不远处。兔宝宝立刻心动了，他瞅瞅四周没
什么异样，便迅速地跑出来，抓起胡萝卜跑回洞里。

"真好吃，这么鲜嫩的胡萝卜不捡白不捡，我看也没有什么危险
的。"兔宝宝一边吃，一边想着。

第二天，兔妈妈出门后，兔宝宝又打开洞门。这次，洞外又有一
根胡萝卜，只是比上次离洞口远一点儿而已。兔宝宝高兴极了，再次
迅速地将胡萝卜抓回洞里。

第三天，兔宝宝又打开洞门。这次，胡萝卜半隐在草丛里，离
洞口更远了一些。兔宝宝想都没想，一个箭步蹿过去。可就在他抓住
胡萝卜的一刹那，只听"咔"的一声，兔宝宝的一条腿被捕兽夹夹住
了。一个猎人从草丛里钻出来，把兔宝宝带走了。

—— 不同的水果，不同的季节 ——

老师的笑话

留心观察生活中的每个细节，是形成准确判断力的基础。掌握更多的知识，才不会被别人的话误导。

一天，园艺课上，老师说："各种果树结果的时间不一样。桃树和杏树要3年，苹果树要5年，柿子树要8年。同学们，如果你们现在开始培育这几种果树的话，那么，8年后，就能同时吃到这4种新鲜的水果了。"

听了老师的话，有的同学开始幻想起诱人的苹果、甜甜的水蜜桃……可是小林却捂着嘴偷偷地笑了起来。

老师问："小林，你笑什么？"小林说："老师，您说了个笑话。""什么？笑话？"老师有些不高兴了。

全班的同学

也都望
着小林。

"是的。"

小林站起来说，"老师，我家
里种了许多果树，所以我知道杏树和桃树的果
实一般在6、7月份就成熟了，而苹果和柿子一般到
秋天才会成熟。如果要同时吃到这4种水果，就得将先熟的冷藏起
来，但那已经不是新鲜的了。"

听了小林的话，老师高兴地说："看来，你平时很用心，没少观
察各种果树的生长情况。你能有这样的判断力，质疑老师的话，非常
值得嘉奖。"

事后，老师奖给小林一个红红的苹果，这让同学们羡慕了好
久呢。

—— 用亲情检验真伪 ——

真假小白兔

假冒的东西总会有破绽，不管它伪装得多么逼真，都会露出马脚。只要你细心观察，就可以识破它。

小白兔做了萝卜店的经理。小狐狸非常羡慕，心想："哼，我比小白兔聪明多了，凭什么他能做经理，我却不行。我也要做经理！"

为了达到目的，小狐狸找到森林里的乌鸦巫师。他对乌鸦说："请你施展魔法，把我变成小白兔的样子。如果你答应我的要求，我愿意把刚刚摘的葡萄献给你。"

乌鸦同意了，念起咒语，喊道："变！"一眨眼的工夫，小狐狸真的变成一只小白兔了。

变成小白兔后，小狐狸得意扬扬地来到萝卜店，小白兔经理走出来一瞧，大吃一惊，他怎么和自己长得一模一样？

小狐狸先喊道："我是这里的经理，你是谁？"

"我才是经理，你是谁？"

就这样，两只"小白兔"吵起来。

听到吵架声，店员小灰兔急忙跑出来。他看眼前的情景，愣住了，实在分不出谁是真的小白兔经理。

正在小灰兔一筹莫展的时候，旁边的喜鹊出主意说："赶快去找熊法官，他一定有办法！"听了喜鹊的建议，小灰兔找来了熊法官。熊法官拿出两捆青草放在他们面前，两只"小白兔"很快都吃完了。他又拿出两块肉，两只"小白兔"都皱着眉头说："不吃，不吃！"

熊法官看看这个，又看看那个，实在分不清真假。

没过多久，兔妈妈听到消息赶来了，两只"小白兔"一齐叫："妈妈！"

兔妈妈说："我的孩子尾巴上有个伤疤。我要检查一下你们的尾巴"

两只"小白兔"听后，都翘起尾巴，给兔妈妈看。兔妈妈仔细一看，两只小白兔尾巴上都有伤疤。这可怪了！兔妈妈想了想，忽然捂着肚子叫起来："哎哟，哎哟，我肚子疼！"她疼得摔倒在地，不停地打滚。

"妈妈，妈妈！你怎么啦？"一只小白兔急忙扑上来，扶住兔妈妈，大叫："快，快去叫救护车！"他急得眼泪都快流出来了。而小狐狸虽然也在叫"妈妈"，声音却一点儿也不急。

兔妈妈突然站起来，一把抱住扑上来的小白兔，说："我分出来了，你才是我的孩子！"小白兔笑了："妈妈，你终于认出我了！"而小狐狸见兔妈妈忽然好了，愣了一愣，才明白自己上当了。他只好摇身一变，变回原形溜走了。

Part five

第五章

挑战你的思维
——学会分析与推理

你看过《福尔摩斯探案全集》吗？你很佩服侦探福尔摩斯那神奇的分析与推理能力吧？学会分析与推理，是对大脑思维的极大挑战。在这一章节里，也有许多精彩的推理故事和侦探故事，如吃鸡蛋还是吃鸡肉、绵羊死亡事件、雪地里的脚印……这些故事会引发你深入思考，帮你提高分析和推理能力，赶快看看吧！

—— 最合理的选择 ——

吃鸡蛋还是吃鸡肉

你是喜欢吃鸡蛋，还是喜欢吃鸡肉呢？下面来看一看发生在老王家的一场争论吧，这关乎吃蛋还是吃肉的决断哟！

农夫老王家今年的收成很差，粮食都不够吃了，一家人天天为三餐烦恼。撑了一段时间后，家里只剩下一只鸡了。这天早上，老王召集全家人开了个早会，他决定把鸡杀掉吃肉。老王的太太极力反对，她说："这只鸡每天早上都会生一只蛋。如果把它杀来吃掉的话，那以后就没有鸡蛋吃了。"

老王的儿子说："为了养这只鸡，每天要喂它吃饲料。饲料是从我们每天仅有的食物中分出来的。如果没有了这只鸡，那么我们的食物也可以多吃几天啊。"

老王的儿媳妇儿却不同意丈夫的意见，她说："咱家的鸡还很小，吃

肉的话只能吃那么一点点，还不够家里人
分的。但它生的鸡蛋却很有营养，我们的儿子正在长身体，不吃鸡
蛋怎么行呢？"

　　就这样，老王一家争论不休，等到了中午，还没有结果。老王
的孙子阿元放学回家了，他听了大人们的争论后说："鸡不论是生
蛋还是长肉，都是要消耗能量的。那么，它所生的蛋或所长的肉中
含的能量，都不会比饲养它的饲料的能量多。既然这样，杀来吃掉
不是更好吗？"

　　一家人听了阿元的话，觉得很有道理，便痛痛快快地把鸡杀
了，炖成肉吃掉了。

—— 不要忽略细节 ——
绵羊死亡事件

一只绵羊突然死去，可能是自然死亡，也可能是有人蓄意谋害，这需要你去细心观察和分析。

一天早晨，人们在村子后面的山上发现了一只死去的绵羊。经确定，那是陈爷爷家的。绵羊倒下的地方长满了毒草，于是有人说："可能绵羊不小心吃了毒草吧？"陈爷爷说："昨晚我明明把它关在笼子里的。"邻居胖婶听了后说："那就是今天早上跑到这儿来，吃了毒草死去的。"

陈爷爷的孙女小云却不这么认为。她仔细看了看绵羊，发现它浑身上下的毛都是湿漉漉的，而且身下压着已经开花的月

见草。她又看了看周围的毒草，没有找到被绵羊啃咬过的痕迹。于是小云说："我家的绵羊不是吃毒草死的，一定是昨晚被某人杀害后，丢弃在这里的。"

不是我啊！

大家被小云的话吓了一跳，胖婶说："你这孩子，可别乱说！有什么证据吗？"陈爷爷也觉得有些蹊跷，便问小云："你来说说，有什么发现吗？"

小云说："绵羊身上的毛是湿的，这说明昨夜下了露水，把绵羊的毛打湿了。如果绵羊是今天早晨才来到这里的，那么它身上的毛就不会湿了。另外，绵羊身下压着开花的月见草，这就是说绵羊倒下的时候，月见草正在开花，而这种植物是半夜才开花的，所以可以进一步确定绵羊是半夜时来到这里的。更重要的是，这里的毒草都没有被啃过的痕迹。由此可推断，绵羊不是吃毒草死的，而是被人谋害的。"

听了小云的话，大家都觉得有道理。后来经小云进一步调查，得知是胖婶杀害了绵羊。因为绵羊老爱拱她家的篱笆，她很讨厌它，所以就在昨晚偷偷将绵羊杀害，然后丢到山上，让大家以为它是误吃了毒草而死的。

聪明反被聪明误

谁是小偷

"贼喊捉贼"是某些狡猾的人常用的伎俩，但自作聪明总会露出马脚，谎言也早晚会被戳穿。

"抓小偷！抓小偷啊！"一位年轻的姑娘在街角大喊。当时正是黄昏时分，这位姑娘的包突然被人抢了去。路人听到她的喊声围了过来，也有人追过去。

不一会儿，有两个年轻人扭打着走回来。其中一个说："他是小偷，是他抢了包。"另一个表情非常气愤，说："明明你是小偷，是我抓住了你，你还诬赖人。"

"你就是小偷，不要再狡辩了！"前一个人又说。这就怪了，到底谁是小偷呢？大家都分不清了。那位被抢包的姑娘看了半天，也摇摇头说："天太暗了，我没看清楚。"

这可怎么办呢？路人都不知道如何来分辨谁是真的小偷。

这时，9岁的小柯放学回家，正路过这里。他听到争论，说："我有办法。你们两个人先比赛一场，看谁先跑到前面的十字路口。"两个年轻人都不明白他是什么意思，但为了证明自己的清白，都奋力向前跑去。

结果年轻人甲先到十字路口，年轻人乙后到。小柯指着年轻人乙说："你就是小偷。"年轻人乙还要争辩，小柯说："你没他跑得快。如果他是贼，你又怎么追上他的呢？"年轻人乙听了，无言以对，因为他确实是抢包的小偷。

最后，年轻人乙就被刚刚赶到的警察叔叔带走了。

—— 找出谎言中的漏洞 ——

书中的秘密

撒谎的人总会露出破绽，尤其是有些人想把谎言编得更加
圆满，但往往适得其反。

　　图书管理员小狗路路在一本旧书里发现了一张百元钞票。"这
是谁忘在这里的钱呢？我应该赶紧找到它的主人才对。"

　　路路这样想着，急忙去查档案，他发现在最近一年里有3个人借过
这本书：一位是猫大婶，一位是熊太太，一位是还在上小学的小松鼠
毛毛。他们三人借书的时间都很接近，路路无法判断钱到底是谁的。

　　为了找到钱的主人，路路把这3个人都找来，询问3人谁往那本
书里放过100元钱。猫大婶说她没放过，而熊太太和小松鼠毛毛
却都说自己曾经放过。

　　毛毛说："那100元钱是爸爸让我交学费的，我怕
丢了，才夹在书里的，可后来却忘了。因为钱找不着

了，爸爸还骂了我……"

熊太太是远近闻名的富婆，她说："毛毛在撒谎，他家没什么钱，谁不知道？是我把钱夹在书里而忘了拿出来的，我还记得那钱是夹在55页和56页之间……"

路路没有注意自己是在哪一页发现的钞票，很难判断谁说的是真的。不过，他想了想，很快就找到了答案，将钱交给了毛毛。

熊太太大叫道："钱是我的，你为什么给他呢？"

路路冷静地说："太太，看来您对书并不了解。这本书的55页和56页是一张纸的正反面，根本就没有之间……"

熊太太看了看书，哑口无言，羞愧地走了。

—— 探寻蛛丝马迹 ——

未破的蜘蛛网

你知道蜘蛛结网的速度有多快吗？如果知道的话，下面这个案件也难不倒你了。

熊先生是森林里有名的富翁。一天，他到警察局里报案，说他家失窃了。

黑猫警长来到熊先生家里，发现门窗都锁得牢牢的，没有被打开过的痕迹。小偷是怎么进入房间的呢？这好像是一个谜。警长问："您家里没有人的状态有多久了？""大概12个小时了。"熊先生说。

黑猫警长点了点头，继续寻找蛛丝马迹。他发现，后屋的一扇窗户上少了一块木板，留下的空隙足可以钻过一个小动物。"这块木板什么时候没有的？"他问。"已经不见好久了，小偷肯定不是从这里进来的。你看，窗户上的蜘蛛网还结得好好儿的呢。"熊先生说。

黑猫警长没有搭腔，他仔细观察了一下，发现这个蜘蛛网上有一只蜘蛛，而且网的中间部分没有落灰尘，好像是新织上去的。

他做出
了判断：
"小偷就是从
这里钻进来的。""为什
么这么说？"熊先生十分不解地问。

黑猫警长解释说："你看，这蜘蛛网虽然
完好无损，但它中间的大部分都没有灰尘，显然是蜘蛛
新织上去的。小偷从这个窗户爬进来，用最快的速度席卷了贵重
物品，再从窗户爬出去逃走。临走时，他把这只蜘蛛放在破了的网
上。您家有12个小时没有人了，而蜘蛛大约花8个小时就可以把这个
网补好了。"

熊先生恍然大悟，他真后悔没有及时把窗户上少的木板补上。
后来，黑猫警长从身材小的动物入手，最终破了案，找到了罪犯小狐
狸。据小狐狸交待，他作案的过程，与黑猫警长推断的一模一样。

—— 从不同中寻找线索 ——
雪地里的脚印

正着走路和倒着走路，脚印有什么区别呢？仔细观察一下，你就会发现其中的不同，因为警察就是靠它来破案的。

一天上午，刚下过一场鹅毛大雪，侦探柯小南就接到了林先生的电话。只听他在电话里急促地说道："不好了，我家被盗了！"

柯小南很快来到林先生家里。林先生着急地说："昨天我出去办事，今天早上回家的时候发现我的保险箱不见了。"

柯小南问："你家里昨天一直没人吗？"

"我朋友阿豪昨晚在这里借宿。不过，他说他是下雪前走的，当时没有发现什么异样。"林先生说。

了解完情况后，柯小南开始检查案发现场。他先检查了一下房子，发现门窗没有被撬过的痕迹。屋子里也没有被翻动过的迹象，小偷似乎对保险柜放在哪里非常清楚。他走到门外，在房子四周仔细观察了一下，发现了一串可疑的脚印。不过奇怪的是，雪地里只有小偷来的脚印，却没有离开的脚印。

天下着大雪，小偷是怎么离开的呢？柯小南陷入了沉思。

他拿出放大镜，又仔细看了看那些脚印，发现脚后跟部分大都陷得较深，好像人走路的时候，身体的重心往后偏了。

柯小南立刻明白了，他问林先生："你的那个朋友阿豪真的是下雪前离开的吗？"

"他是这么说的，应该不会骗我。"林先生回答。

"不，他骗了你。阿豪就是小偷，带我去找他。"柯小南说。

林先生不太理解："阿豪怎么会是小偷呢？"

柯小南笑笑说："你家的门窗没有被撬过的痕迹，这说明这个小偷可以自由出入你的房子。这除了你和你的家人外，就是那位借宿的朋友了。而且家里也没有翻动过的迹象，这说明小偷对你们家的摆设非常了解。阿豪说他是下雪前离开的，正是为了不让你怀疑到他，其实他是下雪后走的。还有，门外只有一串进房子的脚印，一般人都会想到那是小偷来时留下的，其实那是阿豪偷了保险箱后离开时留下的。他怕被怀疑，所以倒着走的。"

林先生恍然大悟，立即带着柯小南去找阿豪。

林先生一进阿豪家，就问："我的保险箱呢？"

阿豪装成什么都不知道的样子，说："你的保险箱？不在你自己家吗？"

"是你偷了我的保险箱，你还不承认！"林先生气愤地说。

"我没有，你瞎说什么！"阿豪强硬地回答。

柯小南见阿豪还想抵赖，便把事情的经过和自己的分析都说了出来，"如果你不相信，我们还可以比对你的脚印。"柯小南补充道。

这下，阿豪傻了眼，不得不交出保险箱。

Part six

第六章

为想象插上翅膀

——培养丰富的想象力

假如你躺在了云朵上，假如生活中有妖怪，假如你流落荒岛……你希望这些假如是什么样子的呢？放开思维尽情地想象吧！只有拥有丰富的想象力，你的世界才会更加多姿多彩。学生朋友，如果你觉得自己的想象力不够丰富，那就从现在开始，为它插上翅膀，让它自由地飞翔吧！

—— 学会逆向思维 ——

变胖的佛像

面对困难时，如果一味顺着难题去冥思苦想，可能会钻进牛角尖。
但如果采取逆向思维，换个角度去想，问题可能就迎刃而解了。

我国古时候，有一位大将名叫刘裕，他推翻了东晋王朝，建立了宋国，做了皇帝。他的儿子为表示庆贺，特意叫人铸造了一尊铜佛像，献给父亲。

这座佛像制作十分精美，可当人们将它竖立起来时，却发现佛像的脸显得有些瘦了，和身躯不相称。

这可怎么办呢？刘裕下令，召集所有的能工巧匠，让他们想办法将佛像的脸变胖一些。

可是，对于已铸好的铜像，让它变瘦变小容易，但要变宽变大就很难了。况且，当时的铸铜技术并不高，人们想了不少办法，但都行不通。

为了此事，刘裕整日闷闷不乐。后来，著名的雕刻家戴颙看了佛像后说："给我3天时间，我就有办法补救。"刘裕一听，非常高兴，立即将这事交给戴颙去办。

3天后，经过戴颙的改造，佛像的脸果然不再显瘦了。他是怎么办到的呢？

原来，戴颙采取了逆向思维，不加宽佛像的脸，而削窄它的肩。因为脸看起来是胖是瘦，与肩的宽窄有很大关系。肩宽则脸显得瘦，肩窄则脸显得胖。所以，在脸不变的情况下，削窄佛像的肩，一样可以达到使佛像变胖的效果。

—— 培养立体思维 ——

长方变正方

长方可以变正方吗？答案是肯定的。只要你不被原有的条件所
限制，充分发挥想象力，就可以找到有创意的解决方案。

阿北的班上有一位自称"小博士"的男生，经常吹牛。"同
学们，如果有什么不懂的问题，尽管来问我，我会教给你们的！"
"小博士"扬言说。

"哼，又在自以为了不起
啦！"大家都对"小博士"的狂
妄感到不满，总

在背后偷偷地笑他。

一天，老师发给每人一张长方形的纸，纸的上下两端各有两个点。老师说："看到这四个点了吗？把它们连起来可以变成长方形。但是，也可以变成正方形。我来考考大家，要怎样连线才能将这几个点连成正方形呢？前提是不能把纸剪开。现在发挥你们的想象力，来开动脑筋吧。"

"变成正方形？怎么变呢？"大家都冥思苦想着，似乎想不到什么好的办法。

阿北很认真地拿起这张纸，仔细端详了半天，随意地折了一下。突然，灵光一闪，他已经知道怎么做了。

这时，阿北看了一眼骄傲的"小博士"，他还一脸困惑地坐在那儿呢。

于是，他高兴地站起来说："老师，我知道了。把这张纸一卷，两端对接起来，四点相连，就变成正方形了。"说着，阿北还给大家做了示范。

老师非常高兴，对他说："你做得很好，这个月的特别奖就发给你了。"

阿北很得意，而一脸沮丧的"小博士"再也不敢自称"小博士"了。

── 想得到就能办得到 ──

躺在云朵上

有时，大胆的想法配合大胆的想象，一切皆有可能。放飞你的
思想，让它自由飞翔吧！

"哥哥，你看天上那朵白云像什么？"小云问阿雨。

"嗯？像小狗吧。"阿雨随口说。"不，我觉得它像

恐龙。"小云一本正经地说，"你看，它有长长的尾巴、

肥胖的身躯，头上还有角呢。"

"噢，你说得对，

是像恐龙。"阿雨应付

着说。他已经11岁了，

对天上的云朵已经

不再感兴趣了，

他 的 任 务

只是照看6岁的妹妹。可是，小云这小丫头却好像对云彩很感兴趣，她一会儿说这朵云像绵羊，一会儿说那朵云像狮子……一直说个没完。

最后，她竟然说："哥哥，我想躺在云朵上照相。""什么？躺在云上？"阿雨被小云的怪想法吓了一跳，这可比较难办。可是，小云非要躺在云上照相不可。阿雨被缠不过，只好答应。过了一会儿，他想到了一个主意："对了，电视里不是常有那种踩在云上的镜头吗？我找一些云朵来不就行了……有了，小云的屋子里有一张绣有天空图案的地毯，上面就有白白的云朵。"

阿雨跑回房间，把那张地毯拿到院子里铺好，对小云说："好了，现在你趴到毯子上的云朵上面，哥哥给你拍照。"小云听话地趴上去，阿雨拿相机把小云和毯子上的云朵都拍了下来。他把照片放到电脑上给小云看。"哇！真的就像是躺在云朵上呢！"小云开心地笑了。

—— 追逐美好的梦想 ——

小猪变变变

你梦想过有一天变成小鸟在天上飞，或者变成鱼儿在水里游吗？
有梦想，生活会更精彩。不过，梦想不能太脱离实际哟！

山林里有一只小猪，名叫胖胖，他的梦想是会七十二变。一天，从远方来了一位魔法师，他教给胖胖一套变身术。胖胖可高兴了，他念动咒语，叫声"变"，变成了一只小麻雀。"小麻雀"飞呀飞呀，别提有多欢快了。他飞到林间，碰到一只小喜鹊，上前打招呼说："嗨！我是小猪胖胖，能变成你们鸟类，我很高兴。"小喜鹊听了说："其实飞行很辛苦，每天都累得翅膀发酸。有时，我真希望自己能长出两条腿，在地上跑呢。"胖胖一听，有些茫然了，没想到鸟儿还有希望走路的。

胖胖继续向前飞去。突然，他看到一个猎人正拿枪对准自己，胖胖吓坏了，急忙叫声"变"，变成了一只小猴子，抓住林间的树枝，飞快地逃走了。胖胖为自己变成猴子很是得意，但不久，他遇到了一只腿上绑了绷带的小猴子。"你这是怎么弄的？"胖胖问。那只小猴子说："我从树上跳下来的时候把腿摔断了。我的腿都摔断两次了。""噢，原来是这样。"胖胖喃喃地说。看来，每天跳来跳去也是有危险的。

他来到小河边，看到水里的鱼儿，又叫声"变"，变成一条小鱼，跳进河里。胖胖在水里游啊游，真是自在极了。他看到前面有一条蚯蚓，便高兴地扑上去，可没想到那是鱼饵。胖胖被钓出了水面，被一只小花猫握在手里。胖胖很着急，他想变回小猪，可是变身术却不灵了。他急得大哭，突然从床上掉下来。胖胖醒了，原来这是一场梦啊！

—— 充分发挥想象力 ——

妖怪的样子

我们都没有见过妖怪，你把它想成什么样子，它就是什么样子，这要看你的想象力有多丰富哟！

一天，奶奶给小宝讲了个妖怪的故事。故事里面，妖怪能呼风唤雨，神通广大，别提有多神气了！

第二天，小宝来到学校，向大家讲起了这个妖怪的故事，同学们都听得津津有味。

故事讲完了，陶陶忽然问："小宝，那妖怪到底长什么样子啊？"

"这个嘛……"小宝挠了挠头，他也不知道，便随口编道，"那妖怪模样怪极了，有尖尖的角、红色的头发、三只眼睛，还有巨大无比的手……我奶奶还说，妖怪会千变万化，奇怪的模样不止这些呢。"

小宝滔滔不绝地说着，上课的时间到了。美术老师走了进来，她听到小宝的话，笑着说："看来，大家都对妖怪很感兴趣。那今天我们就来画画妖怪吧。大家可以按照自己的想象，想画什么样，就画什么样。"

画妖怪？这还是第一次，大家都很兴奋。20分钟后，每个人的画板上都出现了一个稀奇古怪的妖怪形象。有的妖怪长着三头六臂，有的妖怪尾巴长得特别长，有的妖怪甚至还能够喷火……老师让大家互相交换来看，并让大家评比谁画的样子最怪最有趣。结果，小宝得了优秀奖。

那天晚上，小宝梦到了他画的妖怪，那妖怪神通广大，还带着小宝飞到了天上呢。

—— 联想解难题 ——

针在哪里

想象可以是天马行空，也可以是慧眼识"针"。下面让我们
学一学从鱼看到鱼刺的本领吧。

一天，渔夫阿维划一条小船出海。不幸的是，海上刮起了飓风，阿维的小船触礁沉没了。但幸好旁边有一个小岛，阿维奋力游到了岛上。"唉！还好有这座小岛，否则我就要藏身鱼腹了，现在只有等人来救我了！"阿维自言自语道。

没过多久，天就黑下来了，冷冷的海风不断刮着，小岛上的气温越来越低，阿维被冻得浑身发抖。他的衣服在落水时被船刮破了，要想暖和一点，必须把衣服补好才行。可是，这岛上荒无人烟，到哪里找缝补衣服的针线呢？

阿维左思右想，当他的目光落到岛上的树木和荒草上时，突然有了主意："对了，我可以把植物的茎撕成细丝，将它们当成缝衣服的线。"阿维拔起一根茎，试了试，还挺结实。"但是，到哪里去找针呢？"他又犯了愁。

阿维抱着一线希望，想从漂流到岛上的物品中找寻可以代替针的东西。沙滩上散落着铅笔、木头、破损的帆布、石头、书、皮箱、死鱼和一些贝壳。阿维望着这些东西一筹莫展，到底什么可以代替针呢？"铅笔……不行；木头……也不行；石头……更不行……"它们都不能当做针来用，这可怎么办呢？

阿维没有灰心，他相信自

己一定可以找到可以用的"针"。他想啊想，终于，眼前一亮，想到了一个好点子。

阿维用石块在木头上使劲儿地钻，钻了很久很久，终于钻出火星。他先将破书引燃，然后又点燃了一些干柴，就这样升起了篝火。有了火，阿维很开心，他不仅暖和了一些，而且还可以弄些熟的东西吃了。阿维可是饿坏了。他把死鱼捡过来，架在火上烤。很快，鱼熟了，阿维吃了一顿香喷喷的烤鱼，感到非常满足。吃完鱼后，他没有把剩下的鱼骨头扔掉，而是从中挑出一根大鱼刺，这根鱼刺又长又结实，正好用做缝衣针。

原来，阿维看到岸边死鱼的时候，已经在想象中把鱼解剖了。他不由地想到了鱼刺，鱼刺就是他理想的针啊。

阿维拿着手中的鱼刺，穿上"线"，一针一针地缝起衣服来。一会儿，他就把衣服补好了。后来，他又捡来一些干柴，把篝火烧旺，使自己更加暖和一些。此外，他又在岸边捡了一些死鱼，放在火上烤。这样，他就可以坚持到天亮，等待救援人员了。

Part seven

第七章

激发你的灵感

——发挥创造的潜力

发挥创造力，最重要的一点就是要打破习惯的束缚，破除思维定式，让思维得到自由发挥。如果西瓜掉进手够不到的洞里，如果总有人来打扰你休息，如果羊总是撞倒栅栏去吃庄稼……面对这些问题，你会怎么办呢？翻开这一章节，来看看故事中主人公的精彩表现吧，他们的做法都很有创意哟！

—— 从失误中发现新意 ——

从止痛药到饮料

可口可乐又甜又好喝，可是你知道它是用什么做出来的吗？

19世纪80年代，在美国的亚特兰大城有一家规模不大的药店，老板是医药学博士约翰。

约翰平时喜欢看书。一天，他在一本医学杂志上看到一篇文章，上面说：1884年，一位医生从古柯树上提取了古柯碱，这种物质具有止痛的功效。

约翰暗想道："疼痛是病人最常见的病症，如果能用古柯碱配制成止痛药，那将大大减轻病人的痛苦，肯定会受欢迎。"于是，他收集了大量古柯树的树叶和树籽，从中提取出了古柯碱。经过反复试验，约翰用古柯碱配制出了一种药水，这种药水是深绿色的，能治疗头痛，约翰给它取名为"古柯柯拉"。"古柯柯拉"治疗头痛的效果非常好，所以常常供不应求。

一天中午，一位顾客提着木桶来买"古柯柯拉"。正当约翰要替他把药水装入木桶的时候，那人连连摇头，说上次店里的伙计贺斯卖给他的是深红色的药水，那种药水既解渴又解乏，所以他今天特地来多买一些。约翰听了，觉得其中可能出了什么差错。

原来，那天这位顾客来买止痛药时，贺斯发现店里的"古柯柯拉"已经不多了，便自己配制了一些，他把几种饮料掺在一起，还误把碳酸水当成白水倒进药水里，结果药水变成了深红色。但没想到，这种药水味道特别好，很受顾客欢迎。

了解实情后，约翰躲进了药剂室，他反复将"古柯柯拉"与各种饮料按不同比例配在一起。经过精心钻研，3个月后，约翰终于配制出了那种风味独特、爽口解渴的深红色饮料。

这种饮料很快在美国乃至全世界流行起来。因为男女老少都喜欢喝，人们就给它取了一个响亮的名字——可口可乐。

劣势变优势

第二十一名

排在队尾是一种劣势，但只要开动脑筋，想想办法，劣势也可以转为优势。先发制人，后发也可以制胜。

放暑假了，小马齐齐对爸爸说："爸爸，我不想整个夏天都向您伸手要钱了，我想找个工作。"

"哦，是吗？你现在有目标了吗？"马爸爸问。

"暂时没有。但只要去找找，总会有事情做的。"马爸爸听了，心里非常高兴，不动声色地说："嗯，很好！好好儿努力吧。"

齐齐找来当天的报纸，开始在招聘广告里搜寻信息。终于，他发现了一个适合自己的工作，上面要求应聘者第二天早上8点到达本市42街35号。

第二天，齐齐7点30分就到了那里。可是，他看到已经有20个人排在那儿了，他只是队伍中的第21名。怎样才能让面试者注意到自己呢？齐齐皱着眉头想着。这不是件简单的事，但齐齐相信一定会有办法的。终于，他想到了一个点子。齐齐拿出一张纸，在上面写了些东西，然后折得整整齐齐，走到秘书鹿小姐身旁，恭敬地说："小姐，请您马上把这张纸条交给您的老板，这非常重要。"

鹿小姐经验很丰富，她想说："算了吧，小伙子，回到自己的位置上等待吧。"但是，她发现眼前这个孩子并不普通，他的眼睛里透着自信的光芒。

于是她说："好吧，让我先看看。"当她看完纸条以后，微微笑了一下，立刻站起来，走进老板的办公室。老板熊先生看了纸条后，也大声地笑起来。齐齐在上面写着："先生，我排在队伍中的第21位，在您没看到我之前，请不要做任何决定。"

事如所料，齐齐得到了那份工作。

—— 浮力的妙用 ——

掉进洞里的西瓜

你知道吗？乒乓球会浮在水上，轮船能在江河里航行，都是借助了水的浮力作用。有时，浮力会帮我们很大的忙哟！

夏天到了，天气真热呀！王奶奶买了个大西瓜。她走呀走，累得满头大汗。

"哎哟，西瓜太重了，还是放下来歇会儿吧。"王奶奶一边说着，一边把西瓜放在了地上，然后去捶她那酸痛的腰。

可是，她刚好停在一个坡上，西瓜没放稳，一下子骨碌碌滚起来，一直滚到坡下。没想到坡下正好有一个大坑，西瓜就滚落到了坑洞里。

王奶奶急忙站起身去追西瓜。她来到坑洞前，趴在洞边，想把西瓜够上来，可是那洞又窄又深，王奶奶的头都快要伸到洞里去了，还是够不着。这可怎么办呢？王奶奶身边没有任何工具，连根长树枝都没有，她急得团团转。

　　就在这时，小林提着个木桶从坡上走下来。

　　"王奶奶，您在干什么呢？"小林问。

　　王奶奶把刚才发生的事情告诉了他。小林来到洞边看了看，想了一会儿，对王奶奶说："我有办法了！"然后，他飞快地跑向附近的小河边。

　　不一会儿，小林提着一大桶水回来。他将水倒进洞里，西瓜便浮到了水面上。再倒一桶水下去，西瓜已经浮到了洞的半中央。小林伸手把西瓜抱上来，递给了王奶奶，王奶奶高兴地抱着西瓜回家了。

—— 对比搭配 ——

黑黑玩具熊

仅有黑色或白色都是单调的，但二者搭配起来却格外醒目，但这并不是谁都能想到的。

乔俊是一个商人，他的朋友托他卖一种叫"黑黑"的玩具熊。"黑黑"的样子非常可爱，但都是黑色的，不太起眼。乔俊把"黑黑"拿到各大百货公司推销，还做了宣传广告，但没有一家公司愿销售这种玩具。乔俊最后没有办法，只好把它们堆进了仓库。

乔俊的弟弟乔丁是个爱动脑筋的青年。他觉得这些玩具堆在仓库里很可

惜，怎么办好呢？他到各个百货商场里溜达了一圈，发现每一个商场都有很多女模特儿模型，个个都有一双雪白的手臂。

乔丁想，如果把"黑黑"放在模型雪白的手腕上，那肯定会黑白分明，格外醒目的。有这样的鲜明对比，说不定顾客会喜欢"黑黑"。

想到这里，乔丁立刻去找一家百货商场的负责人。经过多次交涉，对方终于答应让女模特儿模型手抱"黑黑"，为玩具熊做宣传，但乔丁要付宣传费给他。协议定好后，事情便按乔丁的想法进行。这一招果然灵验！当那些年轻女子到商场买东西时，她们看到模特手里的"黑黑"，都会情不自禁地打听："这个黑黑的小熊真好看，哪儿有卖的？"

售货员当然会给出她们满意的答案。就这样，原来没人喜欢的"黑黑"一时间成为抢手货，很快销售一空。乔丁为哥哥赚了一大笔钱。

后来，乔丁还专门挑选了一些皮肤白皙的女模特儿，让她们抱着"黑黑"在大街上走来走去，吸引人们的目光。不久，"黑黑"的照片登上了多家报纸的广告版面，"黑黑"很快就风靡全国，成为当时最流行的玩具。

—— 爱是创造的动力 ——

红色石竹花

只要心存一份爱，妈妈就会收到最好的礼物。只要开动一下脑筋，白色的花儿也会变成红色的花朵。

安蒂今年已经12岁了，她家里并不富裕，妈妈整日劳作，非常辛苦。安蒂每天看妈妈这么疲惫，很想做一些让她开心的事情。

这一年的母亲节快要到了，安蒂很想送给妈妈一束红色的石竹花，可是她没什么零用

钱。她偷偷省下一个月的早饭钱，也只有一点点。

后天就是母亲节了，安蒂的钱只够买一束白色的石竹花。犹豫了半天，她买下了白色的花束。

白色石竹花都是献给去世的母亲的，安蒂怕妈妈看了白色石竹花会不高兴。她小心翼翼地把花拿回家里，偷偷藏到了自己的床下。

怎样才能把白色的花变成红色的呢？安蒂一直在想这个问题。

她先把花插进水里，以防它们蔫了。就在安蒂把花插进花瓶的那一刻，她突然有了主意。

她把花瓶里的水倒出一部分，然后找来红色墨水瓶，把红墨水全部都倒进了花瓶里。这样，花瓶里的水就变成红色的了。

安蒂想，花是要吸水的，如果白色石竹花"喝"了红色的水，也许会变成红色。就这样，安蒂又把加了红墨水的花瓶偷偷藏了起来，期盼着白花变成"红花"。

两天后，奇迹出现了，那一束白色石竹花竟真的都变成了浅红色，虽然没有真正红色的花鲜艳，但看起来已经很不错了。安蒂高兴极了，她把花献给了妈妈。

妈妈看到花后非常感动，给了小安蒂深深的一吻，并对安蒂说，这是她收到的最好的母亲节礼物。

—— 有心者事竟成 ——

卷发变直发

成功源于一颗不断进取的心。只有不断追求进步，才会有源源
不断的创造力。

　　小狗路易和山羊师傅学了理发手艺后，也成为了一名出色的理
发师。他不但手艺越来越好，而且服务周到。经常想办法满足顾客
的特殊要求。

　　卷毛狗西西小姐是路易店里的常客，她常常抱怨自己的卷发
不好打理，非常渴望有一头漂亮的直发。路易把她的话记在心
里，暗想道："虽然西西的头发生来就是卷的，但一定有办法把
它变直的。"

　　一天，河马先生到路易的店里理
发。他是一位化学药剂师。路易想起了
西西的烦恼，便问河
马先生："您那儿
有能让弯曲的头
发变直的药
水吗？"河
马先生说："现

在没有，不过可以试着配制一下。"路易高兴地说："以后我免费为您理发，您教我怎样配制那种药水，好吗？"河马先生听了，笑着说："这个主意不错！"

后来，路易便跟河马先生一起研制让卷发变直的药水。他学得非常认真，对每种化学药剂都认真分析，给河马先生提了很多有用的建议。

3个月后，他们终于研制成功了。

路易找来西西，用他的新药水为西西的卷头发做了"手术"。西西高兴极了，她终于有了一头直发了。为了感谢路易，她亲手做了蛋糕送给他。

再后来，路易又研制出了很多药水，他能做出各种漂亮的发型，他的店也成为当地最有名的理发店，许多顾客都慕名来到他的店里，让他做头发。

—— 关注细节 ——

牧童和羊的故事

如果不把羊看好，它会跑出来乱啃庄稼的。有一个聪明的牧童，他积极想办法，有效地阻止了羊跑出栅栏。

约瑟夫小学毕业后，因家庭困难，没法继续读书，做了一个牧场的牧童。上工第一天，牧场老板就告诉约瑟夫，他的工作就是把羊看好，不要让它们越过栅栏去偷吃庄稼。老板走后，约瑟夫就开始一边放羊一边看书。他看书看得太入迷了，完全没有注意到羊已经撞倒栅栏，跑到附近的田里去偷吃庄稼了。老板发现后，将约瑟夫大骂了一顿，不准他再看书。

约瑟夫不想放弃这个学习的机会，他想："难道没有一种栅栏可以阻止羊群跑出去吗？"他四处察看，突然发现附近长有蔷薇的地方好像从来没有被羊破坏过。"为什么会这样呢？"约瑟夫仔细地观察了一下蔷薇。"噢，原来蔷薇的枝

上长着小刺。"他灵机一动，"要是用蔷薇来做栅栏，羊群不就跑不出去了吗？"于是，他砍了一些蔷薇枝条插在栅栏旁边。但很快，他发现这个办法行不通，因为蔷薇要长成能够阻挡羊群的栅栏，需要四五年的时间。

约瑟夫下意识地敲了敲栅栏上的铁丝，忽然，一个主意浮上他的心头："能不能用细铁丝做成铁刺呢？"他立刻弄来一团铁丝，把铁丝剪成一个个5厘米左右的小段，做成尖刺缠绕在栅栏上。

第二天，约瑟夫故意藏起来观察羊群的动静。羊儿们一看约瑟夫不在，就像往常一样，靠近栅栏想把它推倒。但是，它们好像被栅栏上的铁刺扎痛了，渐渐地都乖乖待在原地不动了。看到这一幕，约瑟夫高兴得手舞足蹈，大喊道："我成功了！"

—— 大智若愚 ——

"傻" 老汉

不要总以为自己很聪明，别人很傻。其实有的人做事看起来
傻，但他的"傻"中却透着不一般的智慧呢。

贝多尔退休以后，在郊区买了一栋房子，打算在那里安度晚
年。那栋房子周围的环境幽雅别致，门前还有一条清澈见底的小河
流过。

可是没想到，自从贝多尔住进来以后，就有一群孩子天天到河
边玩耍。他们高声喧闹，吵得老人不得安宁。

贝多尔受不了这样的折磨，决定跟这群孩子谈一谈，让他们能
够安静些。

一天，他对孩子们说："我很喜欢看你们打水仗，如果你们能

天天来玩，我就每天给你们每个人一元钱。"

孩子们一听非常高兴，觉得贝多尔是个傻老汉，能得到他的钱当然是件好事，于是更加卖力地打起水仗来。果然，那天每个人都因此得到了一元钱。

两天后，这群孩子再来玩时，贝多尔说："我的经济状况出了问题，每天只能给你们每人5毛钱了。"孩子们虽然接受了这5毛钱，但玩的兴致大大减退了。

又过了一周，贝多尔说："实在不好意思，最近家里的钱越来越少，我只能给你们每人一毛钱了。"一个孩子生气地说："一毛钱？也太少了，我们不干了。我们走，傻老头儿……"

说完，他拉着其他的孩子气呼呼地走了，而且再也没有来过河边。

从此以后，小河边又恢复了宁静，贝多尔从此过上了安静的生活。

—— 发展求异思维 ——

与众不同的求职信

面对同一份工作，大部分应聘的人只会写一封普通的求职信，而有的人则追求求职信的不同，后者的成功往往就在于他的与众不同。

猫先生是一家电脑公司的老板，在电脑界非常有名。这一年秋天，他为了开发新产品，进一步拓展业务，开始在各大森林招聘员工，为研制Kitty软件的升级产品网罗人才。

猫先生的招聘信息一发布，就在森林中传开了，那些想进入猫先生公司的动物们都非常兴奋，因此而引发了一股应聘热潮，求职信像雪花一样飞来，猫先生每天都会收到成千上万封。

虽然求职信件很多，但内容几乎都大同小异，没有什么新意，不是大肆吹嘘自己的学历，就是夸耀自己在电脑方面的精通程度，而且说得都很宽泛，不够具体。猫先生想找一些思维活跃、有创意的年轻才俊，所以对这些求职信件都不太满意。

有一天，他发现了一封与众不同的求职信。这封信是用电子邮箱发过来的，一连发了3次，足见求职者的诚意。

当猫先生打开邮件时，里面的内容也非常独特，立刻吸引了他的注意。

信中没有先介绍学历背景，也没有像其他动物一样大谈自己对电脑软件如何熟悉，有这样那样的能力等。信的开头讲了应聘者自己第

一次使用Kitty软件的感觉，还详细介绍了他喜欢的某个Kitty产品，并讲了这个产品的优点和不足，以及改进的方向。此外，应聘者还谈了一下自己对猫先生电脑公司的整体印象，并提出了一些中肯的意见和建议。

接着，他表达了自己愿意成为猫先生公司一员的渴望，并提出这次招聘中最适合自己的职位。他还承诺，如果应聘成功，会全身心地投入工作。

最后，他坦诚地表明自己还有其他的机会可以选择，希望猫先生尽早答复，做出决定。

猫先生认真看完这封信后，对秘书说："这是唯一一封不是以性别、年龄开头的求职信，让人耳目一新。你去通知他来面试吧。"

当猫先生看到这位应聘者后，对他更是喜爱有加。他从谈吐到见地，都让猫先生非常满意，如同他的简历一样。就这样，这位应聘者凭借着自己独特的求职信，敲开了猫先生电脑公司的大门，成功地赢得了面试的机会，并最终成为该公司的一员。

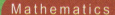

Part eight

第八章

1 + 1 = ?

——锻造数学思维

学生朋友，你喜欢数学吗？要知道，数学可不是简单的加、减、乘、除，这里面藏有很多秘密的。在这一章节里，你将读到许多数学益智故事，从中学会如何运用数学解决问题。通过不断的练习，才能锻造超强的数学思维。你会慢慢发现数字也有它们的秘密，学数学也其乐无穷呢！

规定：凡带家畜路过这里的人，过此关，就要先留下他的家畜的一半……

—— 巧用数字解疑难 ——

安全过关卡

学习数学要从认识数字开始，了解数字的用法，可以帮助我们解决生活中的难题。

从前，有一个小山村，村里只有一条通往山外的曲折小路。一天，一伙强盗控制了这条山路。他们在路上设了一道关卡，规定：凡带家畜过这里的人，都要先留下他的一半家畜（如果家畜数量是单数，则多扣半只），等过关后再还给他一只。强盗们用这个办法抢走了村民很多牛羊。

村里有一个叫阿聪的年轻人，非常聪明，经常为大家解决难题。阿聪得知强盗们抢夺家畜的事后，决定想办法治一治他们。这一天，阿聪赶着牛来到关卡，强盗们要按照规定扣留他的牛。阿聪问强盗头目："你们定下的规定，你们会严格遵守吗？"强盗头目回道："那是当然。"阿聪说："那好吧。只要你们不反悔，我可以按照你们的规定去做。"

强盗们一听，高兴地来抢阿聪的牛。可等阿聪过了关，他们都傻眼了，因为他们得按规定把抢去的牛如数还给阿聪。原来，阿聪总共带了两头牛。过关前被扣留一半，就是扣留一头，过关后再还回一头，阿聪就又把被扣的那头领回来了。阿聪得意地牵着自己的牛，安全过了关。

此后，村民们按照他的方法来做，大家的牛羊再也没有被强盗们抢去了。

—— 巧用长短 ——

差了3厘米

你知道脚比手长吗？脱下鞋子来量一量吧。也许在某一天，脚长的优势可以派上用场哟！

马丁是A国的特工，他的任务是窃取B国的情报。

一次，他得到一份非常重要的情报，但由于受到监视，情报迟迟不能传递出去。一天，他与搭档保罗接上头，与他约好在F大街的世贸大厦见面。

马丁离开住处后，便觉察到身后有B国的特工跟踪。他故意先跑到地铁站，混入拥挤的人群，暂时甩掉敌人。

然后，他迅速离开那里，以拥挤的人群做掩护，穿过街道，来到与世贸大厦相邻的喜来登大厦楼下。他没有乘坐电梯，而是沿楼梯向上快跑。从楼道的玻璃窗里，他看见保罗已经在世贸大厦10楼的阳台上等他了。

马丁很快跑上10楼阳台，关上门，准备把收录情报的芯片从阳台上递给对面楼上的保罗。但是，两人的身体几乎都悬出楼外，彼此的指尖还相差3厘米。

这时，B国的特工已经跟到了这里，门外响起了急促的脚步声，情况非常危急。

怎么办呢？马丁和保罗都没有带任何工具。两分钟后，B国特工撞开了阳台的门，但他们看到马丁正悠闲地抽着烟，一副若无其事的样子。

其实马丁已经成功完成了任务，B国特工没有抓到证据，只好气呼呼地走了。

这是怎么回事呢？原来马丁脱了鞋子，用脚趾夹着芯片递给了保罗，因为脚比手长一些，正好弥补了差的3厘米。

就这样，马丁"以脚代手"，顺利脱险。

—— 认识计量与容积 ——

没有刻度的容器

容器没有刻度，怎么可能用来测量水的体积呢？别忙，先看看它是什么样的容器，也许你会从中找到办法的。

林博士是一位化学家。一天，他正在做实验，急需用水，于是他急急忙忙对助理说："快给我取500毫升水来。"

助理小李听了之后，赶紧去找合适的容器。可他找了半天，只找到一个容积为1升的正方形木桶，但上面没有标明刻度。

快取500毫升水来！

一升

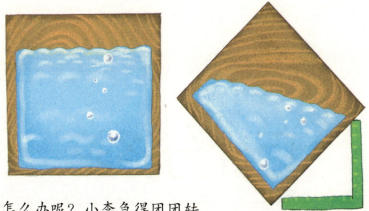

这可怎么办呢？小李急得团团转。

这时，林博士喊道："喂！水还没有拿来吗？你在等什么？我这里正等着用呢！"

小李听到喊声，只得拿着木桶进了实验室，说："对不起！除了这个，我找不到其他可以装水的容器了。可是这个木桶上没有标示刻度，只知道它能装1升水。"

林博士看了看说："哎呀！有这个东西我就可以量出500毫升水啦！"

小李茫然地摇摇头。

林博士只好拿过木桶，自己去取水了。他把木桶倾斜45°，然后把水灌进里面，等水面与桶沿一样高时，他就提起桶，去做实验了。

很快，实验做完了，小李还没明白是怎么回事，便问道："您怎么知道取的水是500毫升呢？"

林博士说："1升等于1000毫升，500毫升就是1升的一半。而一个正方形从对角线分开，两部分的大小是相等的。我把桶倾斜45°，取的水不就是容积的一半了吗？"

原来如此，小李不好意思地低下头。

—— 一起学分数 ——

巧计分骆驼

知道什么是分数吗？1/2、1/3……这样的数就是分数。学习
分数，了解分数的特点，就可以用它来解决难题了！

一位老人有3个儿子，他在临终前对儿子们说："我有17匹骆驼，都分给你们吧。老大分一半，老二分1/3，老三得1/9……"老人没说完，就咽气了。

三兄弟安葬了父亲后，开始分骆驼。他们一合计，一共17匹骆驼，老大得一半是8.5匹，老二的1/3和老三的1/9也都不

是整数。

这可怎么办呢？他们都不想吃亏，又不能把骆驼宰了分肉，商量了半天也没有结果，最后竟吵起来。

老大说："既然我该得8匹半，那就应分给我9匹。"

老二说："我的是5匹多，那就给我6匹吧。"

老三说："父亲本来分给我的就少，你们再多拿了，我的就更少了。两位哥哥应该让着兄弟，少要一些。"

一位智者牵着一匹骆驼路过这里，他听到兄弟3人在争吵，问明了情况，笑着说："不要吵，我有办法帮你们。"

三兄弟一听，赶忙向他请教。

智者说："我这里有一匹骆驼，可以和你们的骆驼加在一起来分，这样一共就是18匹骆驼，老大得一半是9匹，老二得1/3是6匹，老三分得1/9是2匹，这样不就分开了吗？"

三兄弟听了，非常高兴，他们按智者的话去分，都分到了各自应得的数量，而那位智者也牵回了自己的骆驼。事情就这样圆满地解决了。

打破思维定式

巧切蛋糕

说到切蛋糕，大部分人可能只想到从上面来切。其实，还有许多很独特的切法呢。打破思维定式，你会变得与众不同。

一天下午放学后，东东和小西一起回家。路过一家蛋糕店时，他们看见一大群人围在那里。只听店老板喊道："快来试试看啊！只要有人只切3次，就能把这块蛋糕分成8块，就可以吃到免费的蛋糕了。"

店老板的声音很大，他面前摆的那个大蛋糕也很诱人，但他喊了很多遍，始终没有人敢上前动手试一试。"哼！这老板根本就是不想请客。怎么可能只切3次就能把蛋糕分成8块呢？这分明是在耍人嘛！"人群中有人在抱怨。

就在这时，有人走上前说："我知道怎么切，让我试试吧。"东东仔细一看，吓了一跳：

"那不是小西吗？"

只见小西非常自信地走上前，拿起刀说："大家看好了，我只用3刀。"说着，她开始用刀切蛋糕，嘴里数着："1、2、3！好了！"

"啊，真的是8块耶！"人群中发出欢呼声。

店老板一看傻了眼，他原本只想用这招吸引顾客，没想到还真有人解开了这个难题。

小西是怎么切的呢？原来，她先从侧面把蛋糕切成两半，然后再在蛋糕的正面切个"十"字，就变成上面4块，下面4块了。

店老板不好食言，只好乖乖将蛋糕送给小西。小西则把蛋糕分给在场的每一个人，让大家都吃到了免费的蛋糕。

——计算空气的重量——

傻瓜买空气

我们的周围充满空气，它们看不见，摸不着。可你知道吗？它们可是有重量的唷！

1909年，一位飞行员来到一个小镇上。许多人都闻讯赶来，请他签名。飞行员走后，一个商人想买下他用过的物品，好拿到别的地方高价出售。他来到飞行员用过餐的一家小店，却没发现有什么可买的。忽然，他灵机一动，想到飞行员在这店里呼吸过空气，便立刻吩咐人把店里的门窗都关严，然后严肃地对店老板说："我要买您这屋子里的空气，您同意吗？"店老板一听愣住了，还从来没听说过要买空气的，他以为商人是开玩笑，便随口说："好啊，这屋子一共是100立方米，每立方米空气10块钱，你就付1000块吧。"

商人想了想，却说："这太贵了！我们按重量来算吧，每一千

克空气10块钱，怎么样？"店老板一想，反正也不会有第二个傻瓜来买空气了，于是答应下来。大家都对店老板说："你上当了，空气根本没什么重量，你把整屋子的空气都卖给他，也不会得到一分钱的。"店老板听了，只是笑了笑。但最后，商人却花了1293块钱买下店老板屋子里的空气。

这是怎么回事呢？原来，店里住着一位物理学家，物理学家告诉大家，就像水有重量一样，空气也是有重量的，每立方米的重量是1.293千克。那么计算一下，100立方米空气就重129.3千克，而每千克空气10块钱，总共就是1293块钱。商人本想投机取巧，打算不花一分钱就把空气买到手。但没想到，他最后竟多花了293块钱，把没有用的空气买了去。

—— 留心计算中的陷阱 ——

为何少了100元

如果计算能力不好，往往会在计算时掉进自己假设的陷阱，甚至会闹出笑话。所以，学好数学非常重要！

一年冬天，大山、小良、阿泰3人去登山，因为遇到大风雪，他们只好到山脚下的山庄里住一晚。

山庄的房价是每间每晚3000元，于是3人各出了1000元，共同支付房费。

山庄主人收到钱后，对服务员小叶说："这么大的风雪，他们

登山也不容易，就给他们打个折吧。你去跟他们说，房费只收2500元就好了，把这500元退给他们。"说着，把500元钱递给小叶。

2900小于3000，怎么少了100元？

小叶接过老板递过来的钱，心想："这剩下的500元钱，3人不能平分。不如我给他们每人100元，剩下的200元自己留下，反正他们也不知道。"小叶按照这个想法去办了。可是，他突然觉得有些不对劲："这样一来，等于每人只出了900元，那么他们3人加起来就是2700元，再加上我私吞的200元，总共是2900元。奇怪，还有100元跑哪儿去了呢？"

小叶越想越觉得不对劲，但她又不知道哪里出了问题？

她心里发慌，最后竟害怕得把私吞的钱还给了大山他们，并说出了他的疑惑。

阿泰听了笑起来，说："是你算错了。房价是2500元，加上你拿去的200元，我们一共付出了2700元。2700元加上我们收到的退款300元，正好是3000元。你错在把你自己私拿的200元钱算了两次，而漏算了退给我们的300元哟。"

小叶恍然大悟，原来，她弄错了计算方法，结果掉进了自己设下的陷阱里。

图书在版编目（CIP）数据

提升学生IQ智商的好故事 / 龚勋编著．－北京：
人民武警出版社，2012.5
（中国学生成长第一书）
ISBN 978－7－80176－795－0

Ⅰ．①提… Ⅱ．①龚… Ⅲ．①故事－作品集－世界
Ⅳ．①I14

中国版本图书馆CIP数据核字（2012）第088620号

提升学生IQ智商的好故事

主编：龚勋

出版发行：人民武警出版社

　　社址：（100089）北京市西三环北路1号

　　发行部电话：010－68795350

经销：新华书店

印制：北京楠萍印刷有限公司

开本：787×1092　1/16

字数：150千字

印张：8

版次：2012年5月第1版

印次：2014年5月第2次印刷

书号：ISBN 978－7－80176－795－0

定价：23.80元